الأخت الخاطئة، اللمسة الصحيحة

الأخت الخاطئة، اللمسة الصحيحة

كتب بواسطة
هانا باكستون

الهند
2024

محتويات

الفصل 1

الفصل 2

الفصل 3

الفصل 1

قرأت ديونا براون الرسالة التي كانت تحملها بين أصابعها وهي تجلس على الأريكة الصغيرة. وضعت يدها على جبهتها ونظرت إليها بذهول وهي تقرأ الكلمات.

عزيزتي ديونا

الكسيس وأنا في الحب. لقد طلب مني الزواج وذهبت إلى اليونان لرؤيته. نحن نخطط للزواج في أقرب وقت ممكن.

سوف نتصل بك عندما نعود.

كل حبي

داريل

وبعد عدة ثوان من القراءة وإعادة القراءة، ضربت الكتاب أخيرًا على الطاولة، ولعنت أنفاسها والتقطت الهاتف. لقد قامت بالحجز في أسرع وقت ممكن للرحلة التالية المتاحة إلى اليونان. أمسكت أصابعها بالهاتف بقوة، وشعرت بالذعر الذي قد يسببه لها مجرد التفكير في الطيران. تذكرت ديونا التفاصيل التي قدمتها لها داريل عن أليكسيس درانياس ـ صديقها الأخير ـ وفكرت في أختها الصغرى مع تعبير متجهم على وجهها. على الرغم من مرور ثلاث سنوات فقط بينهما، إلا أنه لم يكن من الممكن أن يكونا مختلفين أكثر. أحبت داريل قضاء وقت ممتع وكانت دائمًا محاطة بأصدقائها وأصدقائها. كانت تعمل في متجر للأزياء الراقية وتحتفل في عطلات نهاية الأسبوع، مما أعطى أختها سببًا للقلق بشأن مستقبلها. كانت ديونا أكثر جدية. اختارت مجموعة أصغر من الأصدقاء وفضلت العمل لفترات طويلة كممرضة. تحملت ديونا الكثير من مسؤولية رعاية أختها بعد وفاة والدتها. كان داريل في التاسعة من عمره فقط، وكانت ديونا في الثانية عشرة من عمرها فقط. والدها، غير قادر على التعامل مع خسارة زوجته الحبيبة، وانسحب داخل نفسه حتى وفاته قبل أربع سنوات. امتلأت عيون ديونا بالدموع عندما فكرت في والدها وحقيقة أنهم لم يتمكنوا أبدًا من إصلاح الجسور العديدة بينهما قبل وفاته. وتمنت لو كانت أكثر إصرارًا في محاولة الفهم.

مع العلم أنها كانت مثقلة في ذلك الوقت برعاية أختها والتأكد من وجود سقف فوق رؤوسهم.

تنهدت قليلاً وهي تفكر في مدى تطلعها لقضاء إجازتها. الآن، بدلاً من الأسبوع الذي كانت تأمله، حيث يمكنها قضاء اليوم مستلقية على السرير وقراءة جميع الكتب التي تريدها، أدركت الآن أنها ستضطر إلى رحلة إلى اليونان لإنقاذ أختها. كما شعرت برعشة من الخوف عندما أدركت أن الطريقة الوحيدة للوصول إلى أختها هي الذهاب إلى اليونان.

فتشت مكتب الكتابة القديم الذي كان يخص والدتها للعثور على دفتر عناوين أختها. تقلّبت بأصابعها الغاضبة أسماء وعناوين الكتاب الصغير حتى عثرت على عنوان ألكسيس دارانياس ورقم هاتفه. أحدثت ضجة منتصرة وهي تكتب التفاصيل، ثم عادت بسرعة إلى غرفتها لتضع بعض الملابس في الحقيبة. وغادرت شقتها في وسط غلاسكو وهي تتنهد بعد ساعة.

بكت "المطار" قبل أن تجلس أخيرًا وتغلق عينيها المتعبة. كانت ديونا فتاة رائعة الجمال. على الرغم من أن طولها كان 5'3 فقط، إلا أن ديونا براون كانت تتمتع بشخصية تجعل الرجال يستديرون أينما ذهبت. كان وجهها المستدير الصغير مؤطرًا بعيون زرقاء كبيرة أعطتها مظهرًا من البراءة. يمكن لشفتيها الحمراء الناعمة أن تحول جمالها تمامًا لقد أعطتها توهجًا مذهلاً أحبه الناس بعد نوبتين، تنهدت بحزن، وكان عليها الآن أن تتعامل مع أختها الضالة، وهي تتساءل كيف فاتتها علامات العبوس تساءلت لماذا قامت أختها بإخفاء هذا، فعادةً ما تكون داريل شخصًا منفتحًا للغاية، وغير قادر على الحفاظ على الأسرار أو إخفاء المشاعر.

سحبت شعرها للخلف وتركته ينسدل على كتفيها. ثم قامت بتجميعها في شكل ذيل حصان أنيق وتأمينها. جلست بثبات وثبات وهي تراقب ساعتها لترى ما إذا كان الوقت قد حان لرحلتها.

وتذكرت الإثارة أختها. وكانت في طريقها لقضاء إجازتها الأولى مع أصدقائها في الخارج، ولوحت لها بالمغادرة في المطار. داريل اجتماعي ومحب للمرح. إنها أيضًا جميلة بشكل لا يصدق. كانت أختها الكبرى تشعر بالقلق إزاء عدم نضجها، وتصميمها على الاستفادة القصوى من إجازتها التي تستغرق أسبوعًا. لقد شعرت بالحزن الشديد لمغادرة اليونان وألكسيس دارانياس. لقد أمضوا الوقت كله معًا. عندما بدأوا يتحدثون عبر الهاتف ليلاً، أصبحت غاضبة. لقد أمسكت بلسانها فقط، لأن ألكسيس اتصل بداريل. وظنت أنه بعد فترة سيمل الاثنان من بعضهما البعض وستعود الأمور إلى طبيعتها. ولكن كان ذلك كله قبل أن تتلقى الأخبار الصادمة وهي في طريق عودتها إلى المنزل في ذلك الصباح.

أمسكت ديونا بمساند الذراعين أثناء إقلاع الطائرة. كان جسدها كله متصلبًا بالخوف. لم تكن تريد العودة على متن الطائرة. يمكن أن تشعر بالعرق يسيل على ظهرها بينما تلعن أختها. كانت تنام وتتوقف أثناء الرحلة، لكنها كانت تستيقظ باستمرار على صرخات وإثارة الأطفال وعائلاتهم، الذين كانوا جميعًا حريصين على الاستمتاع بعطلة مشمسة. شعرت ديونا بالارتياح عندما هبطوا أخيرًا. ديونا، بعد تخليص الجمارك ورأت أن هاتفها المحمول كان فارغًا تقريبًا، اتصلت بأختها. هزت رأسها مدركة أنها لم تحضر محولاً. على أمل أن يكون لدى أختها واحدة يمكنها استخدامها. فكرت في نفسها بسخرية: "بالطبع سيكون لديها واحدة". لقد كانت واحدة من تلك الأشياء القليلة التي اهتم بها داريل.

طلبت ديونا أن يجتمعوا كما ردت أختها. تفاجأ داريل عندما علم أن ديونا كانت في اليونان. وسرعان ما أخبرتها باسم وموقع المدينة التي تقيم فيها، بالإضافة إلى تفاصيل الفندق والاتجاهات للوصول إلى المكان. وافقت على مقابلتها في وقت لاحق من نفس اليوم في مطعم محلي، وأبلغت ديونا بوجود أليكسيس. كانت سعيدة لأنها تمكنت من التحدث مع كليهما.

كانت مصممة على إعادة أختها إلى المنزل في ذلك اليوم.

لقد غيرت المال بسرعة في المطار. ثم اتبعت تعليمات أختها واستقلت الحافلة إلى الفندق، وهي تسحب حقيبة بدا أنها تزداد ثقلاً في كل ثانية. أخبرها موظف الاستقبال أن داريل لم يكن يقيم في الفندق. عبوس قليلا. أخذت حقيبتها إلى الغرفة لتبديل بنطالها الجينز الدافئ إلى شورت قصير مع شريط علوي. كان هذا بمثابة ارتياح كبير لشمس اليونان الحارقة. وعندما غادرت الفندق، أعجب بها الرجال اليونانيون بسبب بطنها المسطح وثدييها القويين وخصرها النحيف. كما أشادوا بشخصيتها الجذابة، ذات الوركين العريضين، ومؤخرتها المثالية. لقد تجاهلت عروض الرجال كما تفعل دائمًا في العمل. لقد رأوها موعدًا مثيرًا مثاليًا، مكتملًا بزي الممرضة. كانت ديونا غير مرتاحة للاهتمام الذي تلقته واشترت نظارات شمسية للتغطية على انزعاجها.

شعرت بالارتياح عندما رأت داريل على الطاولة وهو يضحك مع مجموعة من الرجال. ابتسمت داريل بحرارة وهي تتحرك نحو الطاولة التي كانت تجلس عليها أختها. امتلأت أختها بالدهشة عندما سألت: "لا أستطيع أن أتخيل أنك سافرت إلى هنا... أتيت إلى هنا؟" لكن ديونا هزت رأسها ونظرت إليها بحدة. ماذا تعتقد أن داريل سيفعل؟ لقد تركت فقط رسالة تقول فيها أنك واقع في الحب وعلى وشك الزواج.

كان وجه داريل متوهجًا بالفرح وهي تصرخ: "أليس هذا رائعًا؟" أسرعت ديونا إلى مقعدها وقالت: "إنه يحبني يا ديونا. أنا أحبه". هسهست "هل فقدت عقلك؟" أظهر وجهها رفضًا واضحًا. كانت منزعجة من تصرفات أختها السخيفة، فضلاً عن الإرهاق الذي ملأها. "أحضر أغراضك يا داريل. نحن على متن رحلة العودة التالية".

نظرت إلى أختها التي كانت تبتسم لها بصبر. "ألم تكن تستمع إلى ديونا؟" "نحن واقعون في الحب." وبصوت طفيف من الانزعاج، جلست ديونا، وصوتها يخفف، وهي تعرف أفضل طريقة للتعامل مع أختها الصغرى. لقد سمعتك يا داريل... لماذا؟ أنت مستعجل جدا؟... إذا كنت في حالة حب، تعال إلى المنزل لتتعرف عليه بشكل صحيح... لماذا تهرب؟"

رأت لأول مرة نظرة مليئة بالقلق على وجه أختها الجميلة. قالت بعينيها السائلتين البنيتين بجدية فجأة: "حسنًا... هناك مشكلة". سألت ديونا: "وما هذا؟" عبوس داريل عندما سحبت شعرها النحاسي. حولت ديونا انتباهها إلى المرأة التي أمامها بنظرة غاضبة قليلاً. نظرت إلى أختها بنظرة مليئة بالرعب. سألت بصوت منخفض وعينيها واسعتين كالصحن: هل أنت حامل؟ حدق بها داريل بصدمة وصرخ بغضب: "لا!" لماذا يعتقد الناس أنني حامل، ديونا؟ "نحن واقعون في الحب... ولم نحب حتى... كما تعلمين" رفعت ديونا حاجبيها وعينيها إلى السماء. كانت منزعجة، لكنها مرتاحة أيضًا. لماذا العجلة؟ داريل أتوسل إليك أن تعود إلى المنزل. كيف تعرفين أنه لا يتزوجك فقط ليحصل لك على جواز سفر بريطاني؟ وكيف تعرف أنه لا يراك كأوزة ذهبية تدعمه؟

ضحك داريل عليها. سألتها غير مصدقة، بينما كانت ديونا تهزها بفارغ الصبر: "نيكياس درانياس وألكسيس درانياس؟ ألم تسمع عنهما؟" قالت ديونا وعلى وجهها تعبير صارم: "إنهم ديونا الأثرياء... ويمتلكون بعضًا من

أكبر السفن السياحية في العالم... سوف يدعمني". قال داريل: "هذا سبب إضافي لكي تكون حذرًا، لأن الأشخاص مثلهم يلعبون وفقًا لقواعد مختلفة وسوف تتأذى".

أنت مخطئة يا ديونا... سترين عندما تقابلين ألكسيس" سألتها بنظرة منزعجة: "ومتى سيكون داريل؟...أريد" أن أقابل هذا الرجل الذي يعتقد أنه لا بأس من الهرب." معك وتتزوج دون القلق على عائلتك." أنت مخطئة يا ديونا... سترين عندما تقابلين ألكسيس." بنظرة غاضبة، سألت، "ومتى سيكون داريل؟...أنا متلهفة لمقابلة هذا الرجل الذي يعتقد أنه لا بأس بالهرب. بعيدا عنك وتتزوجك دون الاهتمام بعائلتك. قلت أنه سيكون هنا.

ضحكت داريل عندما بدأ هاتفها بالرنين. ابتسمت وارتفعت وهي تنظر إلى هوية المتصل. ابتسمت ديونا، سعيدة بأخذ استراحة من أختها. لقد كانت منزعجة لأنها لم تستمع إلى حسها السليم وستبتعد عن الأنظار للتحدث مع المتصل الذي افترضته على ألكسيس. تنهدت بهدوء عندما أدركت أن داريل لم يكن قادرًا على الاستماع إلى العقل. لقد اختارت دائمًا أن تتبع قلبها، بغض النظر عما قاله أو فعله أي شخص آخر. ألقت ديونا باللوم على نفسها مرة أخرى. لقد اعتقدت أنها قامت بحماية ديونا أكثر من اللازم، حيث قامت بحمايتها بعيدًا عن اتخاذ قرارات صعبة أثناء نشأتها. ابتسمت، وتذكرت الإحراج الذي شعرت به داريل عندما أخبرتها أنها حامل وأنها وأليكسيس لم يناما معًا أبدًا. شعرت بشعور دافئ يملأ جسدها المتعب عندما أدركت أنها لم تقم بعمل فظيع في تربية أختها. استدارت ديونا وشهقت عندما رأت أجمل رجل رأته على الإطلاق. كانت عيناه مليئة بالازدراء، وتفاجأت ببرودة التعبير. أمسكت ببصره ولم ترمش حتى تكلم. سأل "الآنسة براون؟" باللغة الإنجليزية المثالية، ولكن بلكنة حسية.

حدقت ديونا في الرجل بينما كان صوته يرسل قشعريرة أسفل عمودها الفقري. وتفاجأت بأنه يعرف اسمها. كرر "هل أنت الآنسة براون؟" مع عبوس على وجهه الوسيم. وأخيراً قالت: "نعم، أستطيع مساعدتك". أخذ الرجل مقعد داريل دون دعوة. كانت ديونا منزعجة من الطريقة المتغطرسة والمتقدمة للغريب.

بدأ وهو يبتسم لارتياحها. قالت "أخ أليكسيس"، "من الجيد مقابلتك". ومع ذلك، ظل الرجل ينظر إليها بعينيه الداكنتين.

كان صوته غاضبًا، لكنه كان مسيطرًا عليه. هذه ليست دعوة لأغراض اجتماعية يا سيدة براون...أود منك أن بتوقفي عن رؤية أخيك على الفور.

نظرت إليه ديونا في مفاجأة. بدأت تقول "لا، أنا آسفة، لكنك ارتكبت خطأً" قبل أن يوقفها برفع يده وإمساكها ببرودة، مما جعل وجه ديونا يبرق من الانزعاج. سأل بنبرة منخفضة وخطيرة: "كم المبلغ يا آنسة براون؟" سألت، مندهشة، بعينيها الزرقاوين تحدق بتساؤل في عينيه الداكنتين. "ألا أراه مرة أخرى وأغادر"

غضبت ديونا من الرجل، الذي عاملها بعدم احترام، على الرغم من مظهره الوسيم المذهل. كانت غطرسته واضحة من حركته المستمرة لعينيه، كما لو كانت شيئًا مزعجًا كان عليه أن يجلس بجانبه.

سألت "من أنت بحق الجحيم؟" عندما رأت البريق البارد في عينيه. أجاب: "أنا ألكسيس، آنسة براون، وسوف أتأكد من عدم قيام أي منقب عن الذهب بوضع مخالبه فيه". وبينما كانت تلهث، نظر إليها، معجبًا بها رغمًا عنه. كانت جميلة بطريقة هادئة وهادئة. ليست النساء الصاخبات والصاخبات التي اعتاد عليها. "آنسة براون، أنت مخطئة إذا كنت تعتقدين أنك ستتزوجين من رجل ثري... أخي يعمل لدي... الشركة مملوكة لي فقط" "السيد درانياس..."، قاطعها، مما جعل عبوسها أكثر صعوبة. في تهيج. "يا آنسة براون، أنا على استعداد لدفع ثمن رحيلك... لكنني لن أعطي أخي فلساً واحداً خاصاً به إذا تزوج من متآمرة صغيرة غبية مثلك... لذا سيكون "من الأفضل أن خذ أموالي واذهب

تومض عيون ديونا الزرقاء بغطرسة في اتجاهه وهي تنظر إلى الرجل. نظر نيكياس إلى المرأة التي أمامه. وجد نفسه في وضع غريب.

لقد كان أكثر من ازدراء عندما دخل غرفة الطعام لأول مرة.

كان وجهها الجميل مرئيًا بوضوح من خلال شعرها الأشقر الطويل الذي تم ربطه بشكل أنيق على شكل ذيل حصان. بدا وجهها المحمر قليلاً، والذي كان انعكاسًا لغضبها، مشعًا. لقد كانت خلفية رائعة للعيون الزرقاء الكبيرة والمشرقة التي كانت جميلة جدًا. لم يستطع التوقف عن التحديق بهم. تحدث بصوت أجش قليلاً عن المعتاد. "إذا كنت تريدين أن تكوني سعيدة يا آنسة براون، فسأرسلك إلى المنزل في الرحلة التالية، وإلا فسوف أضطر إلى اتخاذ المزيد من الإجراءات".

حدقت ديونا به ببرود. قالت: "لا تجعلني أشعر بالتهديد يا سيد درانياس"، واستمرت في القول: "أنا لا أحب المتنمرين الذين يهددون الناس"، ورأت مظهره المرتبك. أسقط نيكياس رسالة أمامها وهو واقف. خذ ما تستطيع، وارحل.

تركت ديونا ترتجف من الغضب الذي شعرت به عندما غادر طاولتها. كانت عيون داريل واسعة ومرعبة عندما غادر. سألت بصوت مملوء بالخوف: "هل هو نيكياس؟"

"اتصل ألكسيس ليخبرني أن شقيقه اكتشف أمرنا. وحذرني من أنه سيبحث عني..." ضحكت بعصبية وهي تشاهد غضب أختها. وأضافت: "واو، يا له من رجل وسيم!" كانت عيناها حذرتين بعض الشيء عندما نظرت إلى ديونا. نظرت ديونا إليها بنظرة قاتمة. صرّت على أسنانها وقالت: "نعم يا داريل، لقد كان نيكياس هو من اعتقد أنني أنت. يا له من رجل متعجرف... حدقت بها داريل وعيناها مليئتان بالأسئلة. همست: "ماذا قال لك؟" وأضافت: "حسناً، أنت على حق.. إنه ضد حفل زفافك تماماً.. ولا أستطيع أن أقول إنني ألومه"، قبل أن تتوجه إلى داريل بصوت حازم وحازم. "هذا يجب أن ينتهي". .. داريل أحضر أغراضك، سنغادر" قالت أختها بحزم "وعينيها مليئتان بالألم: "لا""، "أنا أحبه ولن أتركه... أرجوك تفهمي ديونا...أنا أحبه".

لاحظت ديونا الدموع في جفون أختها. وكانت هذه تجربة جديدة. عادة ما تتمكن من إقناع أختها برؤية السبب، لكن الإصرار في عيني داريل حذرها من أن الأمر سيكون أصعب مما اعتقدت. لكنها عرفت أن عليها أن تقنع أختها بعدم ملاءمة هذا الزواج، حتى لو كان ذلك فقط لأنها تتذكر نيكياس.

سوف يصنعون عدوًا إذا مضوا قدمًا في خطتهم.

فتحت ديونا الظرف وتنهدت ونظرت إلى الداخل. عثرت على تذكرة درجة رجال الأعمال لليوم التالي وشيكًا بقيمة 20 ألف جنيه إسترليني بالداخل. سلمتها إلى أختها وشاهدت داريل يلهث قبل أن تمزقه. توقفت ديونا للحظة وهي تراقب تعبير أختها العاطفي. "حسنًا يا داريل...ولكنني أريد مقابلة شريكك... والتحدث إليكما... هل فهمت؟"

صرخت بارتياح: "شكرًا لك ديونا، سنكون على اتصال بك الليلة، أعدك بذلك". مع عبوس صغير، نظرت ديونا إلى داريل. صرخت بارتياح "شكرًا لك ديونا، سنكون على اتصال الليلة". مع عبوس طفيف على وجهها، نظرت ديونا إلى داريل..."لقد قلت أنك تقيم في الفندق الذي حجزته، لكن ليس لديهم سجل لك"، سألت في حيرة. "أين تقيم يا داريل؟"

تنهد داريل بهدوء وأجاب: "لقد حجز أليكسيس غرفتي تحت اسم مختلف حتى لا يتمكن شقيقه الأكبر من تحديد مكاني". وأضافت وهي تنظر بحزن إلى الباب: "لكن ذلك لم يمنعه". ثم وقفت وعانقت أختها بالحب. كان صوتها حزينا وهي تتحدث. قالت: "سترى ديونا... إنه رائع وأعلم أنك ستحبه بقدر ما أحبه". عندما غادر وتقنعهما بضرورة إبطاء خططهما. ستخبرهم أنه يجب Alexis داريل، تنهدت ديونا بعمق. كانت تتحدث إلى عليهم إشراك عائلاتهم إذا كانوا جادين بشأن سعادتهم. طلبت الشاي وشربته وهي تتذكر نيكياس.

لم يسبق لها أن رأت رجلاً وسيمًا كهذا. كان طوله أكثر من ستة أقدام ويرتدي بدلة أبرزت أكتافه العريضة وجسمه الطويل النحيل وأكتافه العريضة. كانت مذهولة بأعمق وأحلك العيون التي أظهرها على الإطلاق. كانت ترتجف، غير قادرة على نسيان حياته الجنسية الخام.

ابتسمت ديونا بلطف. يمكنها أن تفهم هوس أختها إذا كان ألكسيس مثل أخيه. كانت تأمل أن تجد أختها، ولكن بنظرة قلقة في عينيها كانت تأمل أن يتمكن من مساعدتها.

ولم تعد متعجرفة. تومض عيناها بغضب عندما ردت على كلماته، وعاملتها ككائن أقل، شخص غير مناسب ليكون مع أخيها. عرفت ديونا كيف تتعامل مع رجال متعجرفين لا يطاقون مثل نيكياس الذين أرادوا كل شيء على طريقتهم. لقد كثرت عندما أدركت أن ألكسيس وداريل سيواجهان وقتًا عصيبًا. تساءلت عما إذا كان ألكسيس وداريل يهتمان ببعضهما البعض بما يكفي للحفاظ على هذا الأمر، مع العلم غريزيًا أن نيكياس درانياس خصم هائل.

عادت ديونا بعد مغادرة المطعم إلى الفندق الذي تقيم فيه. اشترت مجلة ظهر فيها نيكياس بعنوان "Cruise يقول كل شيء". وبينما كانت تجلس على سريرها في غرفتها بالفندق، قرأت عن صعود رجل الأعمال Tycoon البالغ من العمر 32 عامًا من شوارع اليونان إلى موقعه كملياردير. وتمت مقابلته في منزله، وأظهرته صورة وهو ينظر إلى البحر من خلال النافذة. كان المشهد في الخارج جامعًا ورائعًا حيث تمتزج المنحدرات

الصخرية مع لون البحر الأزرق. فكرت في مدى اختلاف حياتهما، هي في جزيرتها، وهو في شقة صغيرة تطل على الطريق الرئيسي. كان ينظر إليها وظهره للكاميرا وهو يفكر بعمق. تذكرت ديونا رائحته المسكية وارتجفت.

ومع استمرارها في القراءة، وجدت عدة صور أخرى له. لقد أظهروه جميعًا مع نساء تعرفت عليهم، فاعتقدت أنه منافق. من الواضح أنه استمتع بكل الأشياء الجيدة في الحياة، بما في ذلك النساء. لقد كان مستهترًا، فكيف يمكن أن يعامل أختها بمثل هذا الازدراء؟ تنهدت وتمنت أن يكون هذا مجرد إعجاب بأختها. لقد انقلب رأسها بسبب أسلوب الحياة الذي قدمه ألكسيس. وأنها ستدرك قريبًا مدى خطأه بالنسبة لها. لم تكن ديونا تتطلع للتعامل مع شقيق أليكسيس، حيث تذكرت الازدراء الذي أظهره لها عندما تحدث معها.

تسللت إلى الحمام الصغير في الفندق للاستحمام. كانت الغرفة لا تزال دافئة وشعرت بالالتصاق بسبب الحرارة. جلست ديونا في الحمام واستمتعت بمشاهدته وهو يتدفق على شكلها النحيف.

كانت حريصة على الوصول إلى السرير والنوم لتصفية ذهنها. عندما عادت إلى الغرفة العادية ذات المرتبة المتكتلة والكراسي غير المريحة ذات المقعدين، لاحظت المظروف الذي تم وضعه تحت الباب.

ابتسمت وهي ترفعه وتقرأ الملاحظة الموجودة بداخله: تعال وأبق على الجزيرة. سيكون الأمر أسهل للجميع. يرجى إحضار أمتعتك. سوف تقلك سيارة إلى الفندق بحلول الساعة 5:00. أنا أتطلع إلى وجودك في منزلي.

تنهدت بهدوء، ثم ارتدت فستانًا صيفيًا حريريًا أزرق اللون يتأرجح حول ساقيها، وكشف عن قوامها الجميل بطريقة لم تكن ديونا على علم بها. ثم أعادت حزم حقيبتها بينما كانت تنتظر سيارتها. تنهدت مرة أخرى وهي تنتظر إلى الساعة التي تشير إلى الرابعة والنصف. يجب تأجيل النوم. كان سائق سيارة ليموزين كبيرة ينتظرها عند الباب الأمامي. فتح الباب وساعدها في ركوب السيارة.

وبعد القيادة لمدة 30 دقيقة تقريبًا، وصلت إلى رصيف صغير كان ينتظره يخت فاخر. وساعدها الربان المبتسم والمهذب في تحميل أمتعتها على القارب قبل أن ينتقلوا من الميناء اليوناني الخلاب إلى جزيرة صغيرة بالكاد يمكن رؤيتها. لم تستطع إلا أن تندهش من جمالها حيث أصبحت أكبر وأقرب. لقد أذهلتها النباتات الخضراء المورقة والرمال الذهبية التي تتناقض مع المياه المائية. عبوس ديونا بهدوء عندما فكرت في مدى ثراء عائلة درانيا. كانت غير مرتاحة لمستوى الثروة الذي رأته. داريل، في كثير من النواحي، كان بريئًا. لقد وثقت بالناس أكثر مما ينبغي. كان لديها فضول لمعرفة مدى الجدية التي ستتعامل بها ألكسيس مع أختها البالغة 21 عامًا، لأنها لا تريد أن تتأذى. عندما علمت إلى أي مدى ابتعد داريل عن ثروتها، تساءلت عما إذا كان بإمكانه فعل ذلك حقًا. رفع الربان حقيبتها مرة أخرى عندما اقتربوا من الرصيف وساعدها على الرصيف الخشبي. قادها القائد إلى السيارة التي كانت تنتظرها. ثم قادها إلى المبنى الحديث في الأعلى. يبدو أن الجزء الخلفي من المبنى قد تم بناؤه في الجرف الذي كان يجثم عليه كما لو كان ينتمي إليه دائمًا.

وهناك، امتزج الجدار الصخري به بسلاسة. كانت ديونا في حالة رهبة تامة من الجمال والوحشية. لقد اندهشت من العدد الهائل من النوافذ التي تطل على الخارج. بدا وكأنه قماش قماش للمحيط أدناه. استطاعت أن ترى جانبًا أكثر ليونة من المنزل عندما داروا حول المنعطف ليعودوا إلى الأمام. بدا المبنى كبيرًا مع أعمدة بجوار المدخل الكبير المشذب تمامًا. تأوهت ديونا بهدوء، وشعرت بأنها في غير مكانها مرة أخرى، وتذكرت شقتها المكونة من غرفتي نوم والتي تقاسمتها مع دار بل

ساعدها السائق على الخروج من السيارة، وابتسم بأدب وانطلق بعيدًا. تركت ديونا لتقرع جرس الباب. فتحته امرأة كبيرة في السن بسرعة كبيرة. ابتسمت ونظرت بأدب إلى ديونا قبل أن تبتعد.

ابتسمت ديونا وانتقلت إلى المنطقة الجميلة. من الأرضية الرخامية التي كانت تهتز وهي تمشي عليها بكعبها العالي، إلى الثريا المعلقة فوقها، كان البهو فاخرا. استطاعت أن ترى درجات مزخرفة تؤدي إلى الطابق الثاني وتنهدت في عجب. كانت عيناها واسعة.

ابتسمت لها مدبرة المنزل ووجهتها إلى أحد الأبواب الخشبية العديدة في الردهة. كررت اسم درانياس، وهزت رأسها كما فعلت ذلك. ردت ديونا بابتسامة دافئة، وأدركت بسرعة أن المرأة لا تتحدث الإنجليزية. اتجهت نحو الباب وطرقته بخفة قبل أن تدخل.

شهقت بصدمة عندما دخلت الغرفة الكبيرة. كان نيكياس لا يزال يرتدي البدلة التي كان يرتديها في وقت سابق من ذلك اليوم، لكن سترته ألقيت فوق المقعد الجلدي الذي يغطي الغرفة الكبيرة. تم وضع يديه في سرواله وتم فك الزر العلوي، مما يمنحه مظهرًا حسيًا. شعرت بضربة قوية في بطنها، لكنها لم تفهم السبب. قالت وقد بدت على وجهها نظرة الدهشة: "سيد درانياس... لم أتوقع وجودك هنا". استدار وواجهها. التفت لمواجهة المرأة التي كانت الآن ترتدي ملابسها بالكامل.

لقد كان قادرًا على الإعجاب بشخصيتها الجميلة، حيث كانت تحدق به في حيرة من أمرها بعينيها الزرقاوين الرائعتين. لقد احتفظ بوجهه الخالي من التعبير وهو معجب بما رآه.

سأل بابتسامة طفيفة على شفتيه: "الآن، لماذا تعتقدين أن ألكسيس كان هنا يا آنسة براون؟" عبوس ديونا. قالت بإحساس غارق: "لقد تلقيت رسالة منهم"، ورأت ديونا الابتسامة تتسع على وجه نيكيا عندما أسقطت الحقيبة على الأرض. أصبحت ملامحها غاضبة. قالت بصوت منخفض: "الرسالة لم تكن من أليكسيس، أليس كذلك؟" كما سلطت الضوء على الرجل من قبل.

مشى نيكياس نحوها. قال: "جيد جدًا يا آنسة براون". "لقد تلقيت مكالمة من أخي بعد وقت قصير من مغادرتي".

لقد أخبرني أنك مزقت الشيك، وقال الكثير عن ذلك، بالإضافة إلى بعض الأشياء التي لن أزعجك بها... لم تكن خطوة جيدة يا آنسة براون".

عضت على شفتها وقد اشتعلت عيناها من الغضب نظرت إليه ديونا ونظرة الارتباك في عينيها. أجابت ديونا: "لأنني أجبرت يدك... لقد حذرتك من أنه لا توجد فرصة لأن أسمح لك بوضع تلك الخطافات الجشعة على أخي... لذا مرحبًا بك في جزيرتي". تلعثمت: "ماذا...ماذا تقول؟

اقترب نيكياس منها، بحيث لم يفصل بينهما سوى بضعة أقدام. استطاعت أن ترى عينيه الداكنتين وهو ينظر إليها بنظرة منتصرة على وجهه. أعني يا آنسة براون أنك ستبقى هنا حتى تعود إلى المملكة المتحدة. وبعد ذلك، سأضعك شخصيًا على متن الطائرة اللعينة وأخرجها من حياتنا. "أخي طفل ذو قدرة انتباه قصيرة. وأنا متأكد من أنه سيجد زميلًا صغيرًا آخر في اللعب لإبقائه مستمتعًا بمجرد مغادرتك".

نظرت إليه ديونا بصدمة وعدم تصديق. صرخت: "لا يمكنك!" ابتسم مرة أخرى ورفع حاجبيه. أجاب بصوت ناعم مستمتعًا بالارتباك في وجهها. "هناك قانون يحظر الاختطاف يا سيد درانياس...حتى الأشخاص مثلك." ابتسم لها. "لا أعرف لماذا تعتقد أنه تم أخذك... يمكنك المغادرة وقتما تشاء".

نظرت إليه ديونا بريبة. قالت: "أعتقد أنني أرغب في المغادرة الآن" بتصميم. رفعت حقيبتها واستدارت لتغادر. تحدث بهدوء، ولكن بنبرة انتصار خلفها. التفتت إليه ونظرت إلى وجهه برعب وهي تدرك فداحة ما يحدث.

سألت ببطء ورأسها مهتز: "القارب لن يعود، أليس كذلك؟". حدقت في ضحكته. "لا. لقد طلبت منهم عدم العودة لمدة أسبوع آخر." قال بلهجة ساخرة: "أليس هذا هو الوقت الذي يجب أن تعود فيه إلى المملكة المتحدة؟"

نظرت ديونا في جميع أنحاء الغرفة ورصدت الهاتف. انتقلت إليها طالبة المساعدة. رفعت السماعة ولم تسمع شيئًا. ولا حتى نغمة الاتصال. مشى نيكياس نحو الطاولة وسكب لنفسه الويسكي. فأضاف إليه الثلج، ثم رفعه إلى فمه. من ناحية أخرى، شعرت ديونا بذعرها المتزايد. أمسكت بجسدها جامدًا وهي تنظر حول الغرفة بحثًا عن مخرج آخر.

لقد تم إيقاف تشغيل كل هاتف في المبنى طوال الأسبوع بأكمله." قال وهو ينظر إليها: "الهاتف الوحيد الذي يعمل هو هاتفي... أخشى أنك لن تتمكني من الوصول إليه لأنه موجود في غرفتي... ليست غرفة ستزورينها". دون أي محاولة لإخفاء الاشمئزاز على وجهه الوسيم.

أغلقت ديونا عينيها وألقت الهاتف مرة أخرى على المهد بينما كانت تشاهد نظرة الذعر التي عبرت وجهها. شاهدها وهي سوف جسدها يهدأ. وعندما فتحت عينيها مرة أخرى، كانت مليئة بالعزيمة القاتمة والغضب التلميحي. فاجأه التغيير المفاجئ في ديونا.

ابتسم نيكياس. قالت وهي تسخر من اسمه بازدراء: "أجد هذه الفكرة مريحة جدًا يا سيد درانياس". "لكن هذا لا يغير حقيقة أن لدي دليلاً...الرسالة" نيكياس مرة أخرى. ماذا يقول بالضبط؟ أعتقد أنك تمت دعوتك بشكل جيد للغاية هنا. لقد كان قرارك بالكامل. تمامًا كما حدث لك عندما ركبت السيارة أو القارب.

نظرت إليه ديونا بالكفر التام. قالت بصوت بالكاد مسموع: "لقد أوقعتني". سألها: "نعم، هل يمكنني أن أحضر لك بعض النبيذ الأحمر يا آنسة براون؟" وسكب لها كأسا.

تجاهلت ديونا، التي كانت تقف بجانبه على الطاولة، الزجاج الذي وضعه هناك، وقاومت إغراء الصراخ. توقفت ووضعت يديها على وركيها ورفعت رأسها لتنظر للأعلى. ثم صفقت بيديها بلطف بابتسامة ناعمة.

قالت "برافو سيد درانياس"، وأخفضت عينيها لمقابلته وجعلته يعبس. ابتسمت وقالت: "تم تنفيذه وتخطيطه على أكمل وجه"، "باستثناء شيء واحد صغير... لديك الأخت الخطأ".

نظر إليها في ارتباك. سأل "ما الأمر؟!". عقدت حواجبه في حيرة وهو يحاول فهم ما قالته له للتو. قالت بابتسامة ساخرة: "اسمي ديونا براون... وليس داريل براون". "لقد حصلت على الأخت الخطأ".

لكن نظرة النصر التي ألقاها ديونا لم تدم طويلاً، لأنه بدأ يضحك. "يجب أن أعطيك نقاطًا على أصالتك يا ديونا. د. براون، هذا كل ما أعرفه. هذا وأين خطط لمقابلتك اليوم. "إنها قصة مثيرة للاهتمام. "ومع ذلك، لا أعتقد أنك تتذكر بعد ظهر هذا اليوم عندما لم تنكر أنك عشيقة أخي،" قال مع بريق بارد. ردت: "ربما لأنك لم تعطيني فرصة"، "لقد جلست لقد أسقطتني وهددتني قبل أن تتاح لي الفرصة لشرح من أنا" ابتسم نيكياس بابتسامة مزعجة واثقة وهو جالس على إحدى الأرائك الجلدية، واضعًا ساقه الطويلة فوق الجهة المقابلة، وهو يراقبها في رهبة.

نظرت إليه بنظرة باردة، وضاقت عيناها بغضب. "وأخي ليس عشيقة أختك... فهي تقول إنهما واقعان في الحب ويخططان للزواج". نظر إليها بنفس القدر. "الآن بعد أن عدنا إلى دائرة كاملة يا آنسة براون... لقد أخبرتك من قبل أنه لا توجد طريقة في الجحيم لتتزوجي من أخي." جلست على الكرسي وشربت النبيذ.

الأرائك بجانبه. قالت بصبر وحزم قدر استطاعتها: "لقد جئت إلى هنا لوقف الزواج". الآن، بفضلك، لم يعد هناك من يتحدث معهم بشكل منطقي.

قبضت يديها وهي تشاهده وهو يراقبها بصمت، ولم تصدق أي شيء مما تقوله. كان هادئًا وهادئًا، وكانت عيناه تراقبها بفضول خفيف. شعرت باضطراب مشاعرها في داخلها. لقد كانت تشعر بأنها بلا جسد بسبب الإرهاق، مما أعطى الوضع نوعية غير حقيقية.

نظرت إليه وقالت: "أنت الشخص الأكثر غطرسة والأكثر لا يطاق الذي قابلته في حياتي"، وهو يضحك عليها. فضحك عليها قائلاً: "سأقبل ذلك كمكمل". وبينما كان يأخذ جرعة ثانية من السائل الذهبي بينما كان الجليد في يديه يتشابك معًا، استمر في السخرية.

دفعتها ديونا إلى كرسيها بغضب قبل أن تضع يدها على جبهتها بينما بدأ رأسها في الضرب. هذا جنون. ديونا براون هو اسمي. "أنا ممرضة بريطانية وأنا هنا لمنع أختي من ارتكاب أسوأ خطأ في حياتها كلها." نظرت إلى الرجل ذو النظرة الساخرة على وجهه، واستسلمت. وأضافت: "وأنتم لا تصدقون أي كلمة أقولها"، ثم تنهدت مرة أخرى، وشعرت بثقل وتعب في جسدها. هو ابتسم وهز رأسه. "أخيرًا، هناك شيء يمكننا أن نتفق عليه يا آنسة براون"

نظرت إليه وهي ترفع زجاجها. سألت: "إذن يا سيد درانياس، كيف يتم كل هذا؟" مع الاستقالة. نظر إليها بابتسامة طفيفة. أنا إنسانة متحضرة يا آنسة براون وآمل أن تستفيدي استفادة كاملة من الموارد العديدة المتوفرة في الجزيرة. أتمنى لك عطلة رائعة... ولكن ربما ليست مجزية كما كنت تأمل.

وقف مع ضحكة صغيرة من الفرح. "تعال مع ديونا. دعني أريك الغرفة التي ستكون لك طوال مدة زيارتك". مد يده وأخذ حقيبتها بين يديه ورفعها كما لو لم تكن شيئًا. كانت هذه استهزاءً بنضال ديونا السابق. نظرت إليه قبل أن تقف أخيرًا مع تنهد ناعم.

وهي تعلم أنه لن يستمع إليها وأنها متعبة، فقالت "الرصاص على مين السجان". تحدثت بهدوء ولاحظت الابتسامة البسيطة على شفتيه. ثم قادها إلى أعلى السلالم الرخامية، وتحرك بسرعة عبرها قبل أن يقودها إلى فتحة كبيرة. ديونا، التي كانت تتابعه عن كثب، شهقت عندما رأت الغرفة. كان مزينًا باللونين الأبيض والكريمي، وكان أنيقًا، ونظرت إليها بإعجاب.

قال بلهجة ساخرة: "آمل ألا تجد صعوبة في العيش هناك". لكن ديونا انتقلت إلى الباب الآخر في الغرفة. وجدت في الأول خزانة ملابس واسعة وفي الثاني حمامًا فاخرًا به جميع وسائل الراحة التي قد تحتاجها. لم تحاول إخفاء نبرة صوتها الساخرة وهي تبتسم له. كانت عيناها ازدراء وضحكت عليه. أجاب بابتسامة شريرة: "لا يا آنسة براون. النساء اللاتي يبقين هنا يقمن في غرفتي". نظرت إليه ديونا، وهي تحاول إخفاء تأثير مظهره الجميل، وحتى مجرد حضوره المطلق، عليها. شعرت بالتعب، لكنها حاولت عدم إظهار ذلك.

أجابت "أراهن" مع تنهيدة متعبة ووجهها لا يزال محتقرًا.

وأضافت: "أعتقد أنه نظرا لكثافة حركة المرور، فإن هذا يوفر في تغيير الأسرة"، قبل أن تبتعد وتتجه نحو الشرفة الكبيرة. مفتقدة النظرة الغاضبة التي عبرت جفنيه الداكنين، انتقلت إلى الشرفة الكبيرة.

أدركت أن الغرفة التي كانت فيها تواجه الجزء الخلفي من ممتلكاتها وتطل على البحر. كانت المنحدرات الوعرة بالأسفل بمثابة خلفية مثالية للمنظر. كانت ديونا منبهرة بهذا الجمال، وكانت عيناها تلمعان عندما تذكرت رؤية الصورة في المجلة. راقبها نيكياس وهي تغمض عينيها وبدا أنها مستغرقة في الروائح والأحاسيس التي تأتي مع وجودها بالقرب من الهاوية. شعر بحاجة غريبة للمسها. مد يده ليمرر يده على جسدها. كان جسدها هو الذي دفعه إلى الرد.

خاص جدا. نظر بعيدًا، عابسًا وهو يدرك أفكاره الخاصة.

ديونا لم تكن المرأة التي توقعها. كانت ذكية ومضحكة وسريعة. هذا ليس نوع المرأة التي قد يهتم بها ألكسيس. لقد أصبح أكثر قلقًا بسبب عبوس آخر. كان يعلم أن هذه المرأة ستكون قادرة على الحصول على أخيه في الممر حتى أنه كان يشعر بردّ الفعل تجاهها وهي تقف بشكل تمثالي أمام البحر. كان هذا الجسد الرائع الشاب المرن ينادي جزءًا قديمًا منه. وخرج من الشرفة وهو يرتعش قليلاً، وتبعته. قال بنبرة سعادة وقبل أن ينظر إلى ساعته: "سنقدم العشاء في الساعة السابعة". نظرت ديونا إليه بنعاس. "إذا كان الأمر على ما يرام معك يا سيد درانياس، فسوف أتخطى ذلك." أجاب: "هذا خيارك"، ووبختها لهجته بشدة على الازدراء المتعمد. "يمكنني أن أرسل لك شيئًا إذا كنت تفضل أن تكون شهيدًا وتبقى في غرفتك".

أعطته ديونا نظرة ساخرة بينما كانت تفرك رأسها المتعب. قالت وعيناها تلمعان بالغضب: "لدي صداع لن يختفي إلا إذا نمت. إذا كنت لا تهتم، يرجى المغادرة"، حيث أصبح صوتها متعبًا فجأة. رأى نيكياس كم بدت شاحبة ومرهقة عندما كان على وشك البدء في التحدث. بإيماءة طفيفة، أسقط حقيبتها وغادر. تنهدت ديونا مرة أخرى وهي تبكي من أجل النوم. استعدت للذهاب إلى السرير عن طريق سحب فرشاة أسنانها وقميص النوم، لأنها كانت متعبة للغاية في ذلك المساء. تنهدت بسرور وهي تزحف تحت الملاءات، وتشعر بنعومة المرتبة، وتسترخي عندما سيطر عليها النوم. وكان آخر ما فكرت به، قبل أن تغفو، هو أنها ستقوم بتنظيف الفوضى في صباح اليوم التالي.

كانت أفكار نيكياس تعود باستمرار إلى المرأة التي حاصرها بعناية في جزيرته. لقد كان ينوي الإبقاء على أقل قدر ممكن من الاتصال بها، لا

لم تكن المرأة الشابة التي كان يتوقعها. عندما نصب فخه، توقع الدموع ونوبة غضب، لكنها كانت هادئة ومسيطرة واستجابت لكل تعليقاته. على الرغم من أنها كانت تكذب بشكل واضح بشأن عدم وجود أي علاقة مع أخيه، إلا أنه وجد أنه من الممتع أن يكون معها. كانت دي براون، وكانت في المطعم كما كان متوقعًا. الفندق الذي أقامت فيه كانت تشغله الآنسة دي براون فقط، وهو نفس الفندق الذي حجزت فيه أليكسيس صديقتها. لقد شعر بالرعب من قصتها، لكنه عبس عندما أصرت على أن ذلك صحيح. يتنهد ويتساءل عما إذا كان يجب عليه التحقق من ذلك ليكون آمنًا. حاول الاتصال بأليكسيس لبقية تلك الليلة، لكنه لم ينجح. كان يعتقد أن ألكسيس كان سيتصل به الآن ليشكو من اختفاء حبه، لكنه لم يتمكن من الوصول إليه.

كان يعلم أن خسارة امرأة مثل ألكسيس ستكون مدمرة لأي رجل. عاد عقله إلى وجهها وجسمها الجميل، مما جعله يتفاعل بسرعة كبيرة. عندما حاول الاتصال برقم أليكسيس مرة أخرى، أعاد فكرة وجودها إلى ذهنه. لقد كان الآن قلقًا للغاية. نظر إلى الساعة فرأى أنها تجاوزت منتصف الليل. مع عبوس نهض. كان يعلم أن هناك شخصًا واحدًا فقط يمكنه إخباره بمكان وجود شقيقه.

فتحت نيكياس باب غرفتها ورآها نائمة على السرير الكبير. وبينما كان يشاهدها مستلقية بسلام على جانبها وشعرها الذهبي الطويل يحيط بملامحها الناعمة، تذكر كم كانت متعبة. كان ثوب النوم هزيلا وكانت حلماتها

مرئية. تم وضع يد واحدة تحت ثدييها ذو الشكل المثالي. حدق نيكياس بها، ورغبته في لمس خدها وتمرير أصابعه من خلال شعرها الذهبي الذي يرتفع داخله.

وجه. أغمض جفنيه للحظة، وهو يرى جسدها الجميل ويعرف كم كانت قيمتها بالنسبة له في ذلك الوقت.

خرج من الغرفة وهو يغطي فمه بيده. ولن يكون من الحكمة أن يوقظها في تلك الليلة. يمكن أن يشعر بجسده يتفاعل عندما رأى شكلها النائم. يعلم الله ماذا سيحدث إذا حدقت به عيونها الزرقاء الجميلة. مع عبوس، خجل من نفسه لأنه يريد مثل هذا المنقب الصغير المخادع.

الفصل 2

استيقظت ديونا في صباح اليوم التالي وهي تشعر بالانتعاش. نظرت عيناها حولها في حيرة وعبست عندما استوعبت كل شيء. ثم ضربتها ذكرى ذلك اليوم. ألقت الملاءة للخلف وانتقلت إلى الحمام الفاخر. جلست تحت أكثر دش رأته على الإطلاق،، واستمتعت بإحساس الماء المتدفق اسفلها. قام الدش القوي بتدليكها بلطف وهي تتنهد بسعادة. بعد أن جفت، ارتدت ملابسها بسرعة، وربطت شعرها على شكل كعكة مرتبة قبل النزول على الدرج. وقفت ديونا متوترة في أسفل الدرج، غير متأكدة إلى أين تذهب. لم تتمكن من التعرف على تصميم المنزل لأنها رفضت تناول العشاء في الليلة السابقة. كانت معدتها تشكو من عدم تناول الطعام لأكثر من أسبوع.

لم تكن متأكدة مما يجب فعله عندما سمعت خطوات تنزل على الدرج. شعرت ببطنها يتأرجح عندما رأت شكل نيكياس الذي لا لبس فيه يتحرك نحوها. بدت عيناه مندهشة لأنها استيقظت مبكراً. قال "صباح الخير ديونا" وهو يجلس بجانبها. لقد أدركت مرة أخرى حجم وقوة جسده عندما نظر إليها. سألها بشكل حسي: هل نمت جيدًا؟ كان عمودها الفقري ينتفخ بأحاسيس غريبة أثناء حديثه.

عبست وهي تنظر إليه. كان يعلو عليها برأس واحد على الأقل. أجابت بحزم، وهي تحاول الحفاظ على صوتها وهي تكافح مع قربه وكيف يتداخل ذلك مع وجودها لسبب غير مفهوم. سألها بأدب "هل هناك أي شيء يمكنني القيام به من أجلك؟" مع نظرة غريبة في عينيه.

ابتسمت ديونا بلطف له. وقالت: "سيكون القارب أو الهاتف جميلاً"، وهو يضحك. "حسنًا، ربما لا. ماذا عن الإفطار بدلاً من ذلك؟" أجاب وامض لها واحدة.

لقد اندهشت من الابتسامات الرائعة التي رأتها، واضطرت إلى قمع اللحظات التي قفزت من شفتيها.

كانت على وشك أن ترفض له أي شيء، لكن معدتها تذمرت بألم وذكّرتها بأنها لم تأكل منذ فترة طويلة. قالت وهي تتنهد: "شكرًا". قادها إلى مطبخ واسع به طاولة من خشب الصنوبر في وسط الغرفة. تفاجأت ديونا عندما بدأ نيكياس يبحث في الثلاجة. لقد توقعت أن تقوم مدبرة المنزل التي التقت بها لفترة وجيزة بتقديم وجبة الإفطار في غرفة الطعام.

سألت بمفاجأة وهو يبتسم لها بطريقة صبيانية. فأجاب بابتسامة: سأحاول. تحركت ديونا، التي كانت تراقبه بتوتر، لإزالة البيض ولحم الخنزير المقدد من أصابعه. ثم وضعت العناصر تحت الشواية، وسلق البيضة بلطف. نظر إليها نيكياس وفي عينيه تعبير ساخر. سأل بضحكة مكتومة طفيفة: "لا تثق بي ديونا؟" أعطته نظرة الكفر. فأجابت: "بقدر ما أستطيع أن أرمي عليك".

بدأت ركبتي ديونا تهتز وهو يضحك مرة أخرى. صوت هديره الذكوري العميق جعله يضحك مرة أخرى. ذهب إلى خزانة أخرى للحصول على الأطباق وأدوات المائدة. تم إعداد الطاولة في الوقت المناسب لتضع ديونا القهوة الساخنة والطعام على الطاولة.

وقالت: "إذا كنت لا تحب القهوة فهذه مشكلتك"، وجلست مقابله. ابتسم لها وهو ينظر إليها. قال وهو يدحرج اسمها في فمه: "شكراً ديونا". "ديونا... هل هذا يعني اليونانية؟ أنا أشاهدك وأنت تومئين برأسك بخفة." قالت: "جدتي كانت يونانية، وقد سُميت باسمها"، وهي تنظر بهدوء إلى وجه المرأة التي كانت واحدة من المقربين القلائل منها عندما كانت طفلة، حتى وفاتها قبل خمس سنوات.

كانت تراقبه وهو يأكل الطعام الذي أعدته. نظر إليها فرآها تبتسم له بابتسامة ساخرة. "لقد حاولت

سأل بهدوء: "أود الاتصال بأليكسيس. هل تريد أن تخبرني أين يمكنني العثور عليه؟" كانت عيناه الآن تحملانها بنظرة أكثر هادفة.

لقد عضته مرة أخرى عندما رأت مظهر التهيج على وجهه. قال بنبرة باردة: "إذن، مازلت متمسكًا بقصتك السخيفة؟" ديونا، سيكون من الأفضل لك أن تخبريني لأن أليكسيس، مثل طفل صغير، من المحتمل أن يرتكب خطأً غبيًا بدونك.

ضحكت ديونا بهدوء وجعلته يعبس. كان لديه نظرة على وجهه من الانزعاج. "بدونك؟" سخرت بلطف. "هل تعتقد أن المنقب عن الذهب مثلي يمكنه التحكم في أخيك المثالي؟" سألت مع نظرة مدروسة في عينيها. ضحكت واستندت إلى كرسيها. قالت: "حسنًا، ربما يكونان مثاليين لبعضهما البعض في نهاية اليوم". لماذا لا أتركك تذهب يا نيكياس، حتى أتمكن من الاتصال بأخي وإنهاء كل هذا الهراء؟ سمعته يتنهد بحدة وهو ينهي تناول فطوره. رفع أطباقهم ووضعها في غسالة الأطباق في محاولة لإخفاء الإحساس الغريب عند سماع اسمه لأول مرة. وانزعج نيكياس أيضًا من كلامها، فانتقل إليها. سألها وهي واقفة بجانبه وأومأت برأسها.

قال "حسنًا، في هذه الحالة، لن تتضايقي إذا فعلت هذا"، تحركت ذراعاه بسرعة كبيرة لمفاجأة ديونا وسحبها بقوة نحوه. انتقل فمه إلى أسفل للاستيلاء على رقابها. صُدمت ديونا لجزء من الثانية قبل أن تبدأ في دفعه، وشعرت بجسده بالكامل ضدها. توقفت عن النضال عندما شعرت بفمها يتحرك ضده وذراعيها حول رقبته، مما أدى إلى تعميق احتضانهما. صرخت عندما شعرت بأصابعه تتحرك فوق جسدها. كان جسدها كله ينفجر بالعاطفة.

سحب شفتيها بعيدا في حالة صدمة. تأوه بهدوء، وتحرك مرة أخرى لتقبيل فمها الرائع الناعم. رفعها إلى الطاولة، وغطى نصفها، وانتقلت شفتاه إلى أسفل الشكل العمودي النحيل لحنجرتها، بينما كانت أصابعها تمر عبر شعره. كان فمها الناعم الذي يئن نتيجة لأفعاله. شعر نيكياس بالحاجة إلى أن يكون مع النساء الموجودات تحته وهو يفك أزرار قميصه.

كانت ترتدي قميصًا صيفيًا يكشف عن قوامها النحيل وحلمتيها الصلبتين اللتين تضغطان على القماش المزركش الناعم الذي يحتويها. عضتها أسنانه بأنين ذكوري لطيف تردد صدى في حلقه. شهقت بصوت عالٍ وقوست ظهرها بينما كانت أحاسيس غريبة تجري في جميع أنحاء جسدها.

واصل السيطرة عليها بفمه قبل أن يسحبها إلى الخلف. انتقلت عيناه إلى خصلات الشعر الذهبية المعقودة بإحكام على مؤخرتها. راقب الخصلات الذهبية وهي تتساقط على وجهها وظهرها، مثل سحابة حريرية، بعد أن أطلق الدبابيس. ديونا، الحسية والوحشية، ملأته بحرارة شديدة. حبس أنفاسه. لقد شعر برغبته في امتلاكها تزداد قوة عندما أخذ شفتيها مرة أخرى. لقد شعر بالحاجة إلى إرضاء نفسه بنعومة جسد المرأة والنار في عينها التي عقدت عينيه. صوت نيكياس وهو يلعن توقيته مع مدبرة المنزل التي كانت تتحرك في القاعة الرخامية كسر التعويذة أخيرًا عندما شهقت ومزقت فمها بعيدًا عن فمه. دفعته بعيدًا وهو يدير ظهره لها حتى لا ترى رغبته. كانت ديونا في حالة صدمة وهي تكافح لإصلاح قميصها. لم تتمكن يدها المرتعشة من إكمال هذه المهمة البسيطة. التفت لرؤيتها ووجدها تحدق به بعيون جامحة، مثل حيوان محاصر في قفص. موجاتها الذهبية الطويلة التي تؤطر جسدها الخالي من العيوب جعلته يرغب في مواصلة ما بدأه. تحركت خلف المكتب لتخلق بعض المسافة، ونظرت إليه عيناها الزرقاوان بنظرة إهانة. قالت بصوت ضعيف:"لا ينبغي عليك فعل ذلك".

التفت وأعطاها نظرة أخيرة. صرخ مرة أخرى، راغبًا في الحفاظ على أكبر مسافة ممكنة بينهما. كان صوته أكثر ثباتا مما كان يعتقد. قال: "أرحب باستخدام المرافق التي تريدها"، قبل أن ينتقل من المطبخ إلى مكتبه ويغلق الباب.

نيكياس يجلس في مكتبه ويمرر أصابعه في شعره بغضب. وفي محاولة لحملها على الاعتراف بأنها تكذب، كان يأمل أن يهزها ذلك. لكن الخطة جاءت بنتائج عكسية. تأوه الآن، ورغبته في حرقها داخله. كان يعتقد أن ديونا كانت مختلفة عن النساء الأخريات اللاتي واعدهن شقيقه. وفي محاولة لإخراجها من رأسه، قام بتشغيل جهاز الكمبيوتر الخاص به وبدأ العمل على رسائل البريد الإلكتروني العديدة الخاصة به.

شاهدت ديونا، في المطبخ، نيكياس وهو يغادر الغرفة. كان جسده كله هادئًا ومسيطرًا، حيث بدا منتصرًا على ضعف ديونا. لقد أراد أن يُظهر لديونا مدى قلة تقديره لها وكم كانت رخيصة، لكنه فعل ذلك. غرقت على كرسي حيث شعرت ساقيها فجأة بالضعف الشديد. أغمضت عينيها بألم وهي تتذكر الطريقة التي وضعها بها على الطاولة التي كانت تتكئ عليها الآن. تذكرت أنه سيطر عليها وجعلها تتفاعل معه بعنف. شعرت بالحاجة القوية إلى جعله يفعل المزيد لها. حاولت سحب شعرها للخلف، لكن أصابعها لم تنجح. شعرت بالصدمة عندما تذكرت كيف قضمها. وخدودها احمرت بالذكرى. كانت بحاجة إلى مغادرة الجزيرة لإنقاذ ليس فقط أختها ولكن نفسها أيضًا.

صعدت سلالم المبنى الجميل ودخلت الغرف المختلفة. ابتسمت وهي تلتقط كل هاتف. وكل واحد منهم، كما أخبرها بالفعل، قد مات. لقد كان في مكتبه في الطابق السفلي في ذلك الوقت حتى تتمكن من البحث. وجدت أن الباب مغلق عندما اقتربت منه. شتمت بهدوء، مدركة أنه تمكن من التغلب عليها مرة أخرى.

وأضاعت ديونا ما يقرب من 30 دقيقة في البحث عن المنزل، وأذهلتها حجمه. قررت أن تنظر حول الجزيرة لترى ما إذا كان قد فاته أي مباني ملحقة أخرى. ربما يمكنها إقناع شخص ما بإبعادها أو السماح لها باستخدام هاتفه.

سقطت على الأرض وهي تصعد الدرج ورأته يدخل غرفة لم يكن على علم بها. ثم ذهب إلى غرفة أخرى. لم تصدق ديونا أنها كانت محظوظة جدًا، فركضت بصمت بقية الطريق إلى أسفل الدرج، وانزلقت إلى المكتب الذي غادره للتو. تم وضع المكتب الخشبي الكبير، الذي تكلف أكثر من شقتها بأكملها، في موقع متميز بالقرب من نافذة تطل على الجرف. تم تذكيرها مرة أخرى بوحشية المنزل وبيئته، مع فكرة مدى ملاءمته لصاحبه. أسرعت إلى الهاتف والتقطته. كان سماع نغمة الاتصال بمثابة ارتياح كبير. بدأت في الاتصال برقم أختها على هاتفها المحمول، لكن النغمة توقفت عندما طُلب منها إدخال رمز أمان مكون من ثلاثة أرقام. شتمت الهاتف وأعادته إلى حامله. كانت عيناها تفحصان الغرفة لتجد طريقة أخرى للوصول إلى أختها. انتقلت بسرعة إلى الكمبيوتر، على أمل أن يكون الرجل قد تركه قيد التشغيل. وسرعان ما تحطم أملها عندما طُلب منها إدخال رمز المرور. أغلقت عينيها وحدقت في شاشة الكمبيوتر. سمعت صوتًا ناعمًا على الجانب الآخر من الغرفة يقول: "استسلم". رفعت رأسها سريعًا لترى نيكياس واقفًا عند الباب الذي لم تلاحظ حتى أنه مفتوح. وأضاف أنه حظر استخدام الهواتف المحمولة، وحذر أي شخص يوافق على اصطحابها بالسيارة إلى البر الرئيسي بالطرد الفوري. كان الأمر كما لو أنه قرأ رأيها. صرّت على أسنانها وثبتت يديها بجانبها بغضب بينما كانت تحدق في الرجل عبر الغرفة. قالت بصوت منخفض وبغضب: "يجب أن تسمح لي بمغادرة هذه الجزيرة... أريد أن أنقذ أختي الصغيرة من أخيك".

فأجاب: "بالنسبة لي، أخي آمن... منك على الأقل". نظر كلاهما بغضب، وشعرا بالهواء المشحون بينهما. كانت ديونا خائفة عندما اقترب منها نيكياس. شعرت بالشحنة في الهواء بينهما وأسرعت إلى الباب.

كان نيكياس واقفاً في مكتبه يراقبها وهي تفر وقد امتلأت عيناها بالذعر. عبس نيكياس، وشعر بالحاجة الشديدة للعثور عليها لأن شعرها كان لا يزال يتدلى حول جسدها، مما يمنحها مظهرًا غير مرتب. هذا جعل دمه يغلي بشكل مثير للقلق. كان يعتقد أنها عظيمة، وكان تصرفها البريء الذي يصعب الحصول عليه متفوقًا على أي تصرف آخر رآه. لكنه ما زال يعلم أنها كانت مشكلة.

رآها تسير في الطريق المؤدي إلى الشاطئ بابتسامة، عرف أنها لا تزال تبحث عن طريقة للخروج من الجزيرة. وعلى الرغم منها، فقد أعجب بإصرارها وهو يلحق بها. كانت ديونا تتحرك بأسرع ما يمكن في الطريق غير المستوي عندما سمعته ينادي باسمها. توقفت في مساراتها وشاهدت باهتمام وهو يسير نحوها. سألها وهو يمسك بعينيها. رمتها على ظهرها بتحدٍ، وصممت بشدة لدرجة أنه كان يحدق في السماء، بينما يتمتم باليونانية بشيء لم تستطع فهمه. قال بغضب وهو ينظر إليه من جديد فسألها بلطف أكثر: هل تركبين ديونا؟ عبوسها في مفاجأة. أجابت "قليلا" بصوت مرتبك وهو يضع يده على ظهرها. على الفور، انتقلت الأحاسيس إلى أعلى وأسفل عمودها الفقري بينما كان يرشدها إلى الطريق المقابل للمكان الذي كانت تسير فيه. "دعني على الأقل أريكم الجزيرة وأثبت أنه لا يوجد مخرج"

ثم قادها إلى منطقة مفتوحة على إسطبل، حيث كان هناك حصانان مسرجان بالفعل وجاهزان للسفر. قدم لها القبعة فقبلتها ووضعتها على رأسها. ثم ذهب ليتحدث إلى الرجل الذي كان يحمل الحصانين الجميلين. جلس بشكل مريح على الفحل الأسود الأصيل وسيطر على الوحش. شكرته ديونا على المساعدة، ووضعت قدمها في الركاب على فرس الكستناء.

جلست وضبطت الركائب على الطول الصحيح.

قال بموافقة: "إذن، اركب". أجابت وهي تشعر بالبهجة لعودتها إلى مثل هذا الحيوان المذهل. "كان داريل يركب معي قبل والدتي..." توقفت ديونا، ونظرت بعيدًا وهو يحدق بها بذهول، ورآها فجأة حزينة للغاية. ثم استعادت رباطة جأشها، ورفعت ذقنها بتحد، بينما واصل هو النظر إليها. كانت لهجتها أكثر سيطرة. قالت: "أستطيع التعامل". ابتسم وقادها إلى الشاطئ.

أمضى الاثنان الصباح في الركوب على الجزيرة. كان نيكياس مرشدًا رائعًا، حيث أشار إلى النقاط المثيرة للاهتمام لها. استمتعت بصحبته وضحكت معه، حيث كان يسترخي في حضورها ويلقي نكاتًا صغيرة بينما يضحك عليها. حبست أنفاسها وهم يركضون على طول أحد الشواطئ. كان قادرا على السيطرة على الحيوان الكبير، الذي كان يحاول جاهدا أن يتحرك بشكل أسرع. ابتسمت له وهي تغمرها الفرحة. كل ما تعلمته عندما كانت فتاة صغيرة عاد إليها مرة أخرى. كانت تستمتع بإحساس رشاقة الحيوان تحتها، وكانت الريح تداعب شعرها الذي سقط على عمودها الفقري، وتطايره حول كتفيها، وهي تضحك. التقت بهم امرأة شابة تحمل طفلة صغيرة في يدها على الشاطئ وقت الغداء. لقد تحدثوا إلى نيكياس الذي نزل عن ظهره بشكل أكثر رشاقة. ثم إعطاؤه سلة من الطعام ووضعها على الأرض وهو يدغدغ الفتاة الصغيرة ويرفعها. رأى ديونا كيف تحول وجهه الوسيم إلى ابتسامة مبهرة توقف القلب عندما ضحك عليه الطفل. ثم أعاد الفتاة إلى قدميها ولوّح لها أثناء عودتهما إلى المنزل. ثم ساعدها على النزول من الحيوان. كانت يديه على خصرها مما جعلها تشعر بالذهول.

فسألتها: طفلك؟ كما ابتسم لها. ابتسم وفي عينيه نظرة سخرية. "لا، إنها حفيدتي مدبرة المنزل، ابنتها، التي تقيم هنا لبعض أيام العطلة". فالتفتت إليه ديونا وقالت: "على حد علمي ليس لدي أطفال".

قالت: "من الصعب الاستمرار!" كان صوتها أكثر حدة قليلاً عندما نظر إليها بابتسامة.

تمتم: "يبدو أنك لا تفكرين بي كثيرًا يا ديونا"، وكان صوته ناعمًا وهو ينظر إليها ويقدم لها السندويشات والمشروبات، التي قبلتها بلهفة. ردت قائلة إنه ربما كان هذا رأيًا أفضل مما كان لديك عنها أو عن أختي. سأل بهدوء "وماذا فعلت لأكسب توبيخك؟" بينما كانت تحدق به بالكفر. سألت بشكل لا يصدق: "هل تقصد شخصًا آخر يختطفني ويحتجزني سجينًا في هذه الجزيرة؟" أجاب: "نعم، فيما عدا ذلك"، ارتجفت شفتاه وهي تبتعد وتنظر إلى الموج، قبل أن تعود إليه.

كان صوتها يتهم. قالت: "بعد حادثتنا الصغيرة في المطعم وقبل أن تأخذني بعيدًا، قرأت قصة عنك". "لقد لاحظت وجود عدد من النساء في الصور، مما جعلني أعتقد أنك تستمتع بلعب ملعب نيكياس. أتساءل إذن "كيف يمكنك أن تكون بهذه القسوة على أخيك، في حين أنك أنت لست أفضل بكثير

عبس نيكياس عندما تذكر المقال الذي كانت تشير إليه. وكان مجلس الإدارة قد اقترح عليه إجراء مقابلة. وعادة ما كان يتجنب ذلك ويفضل خصوصيته. لقد تذكر جاذبيتها، لكن اسمها غاب عنه. لقد غازلته طوال الصباح قبل أن يحضرها إلى السرير وتقضي معًا فترة ما بعد الظهيرة التي لا تُنسى. لقد شعر أن مشاعره ترتفع مرة أخرى عندما نظر إلى ديونا. لماذا كانت هذه المرأة مزعجة للغاية في حين أن نساء أخريات، مثل المراسل، وإذا كان صادقًا، فإن جميع عشاقه الجدد تركوه باردًا؟ وبينما كان يراقبها، اهتز هاتفه مع وصول رسالة. أخرجه من بنطاله الجينز ونظر إلى هوية المتصل. تم إدراج شقيقه في القائمة. وقرأ الرسالة مع عبوس. أنا بخير. سأتصل لاحقًا لتسوية شيء ما. ابتسم لديونا. قرأ الرسالة فنظرت إليه. لماذا يصعب إقناعك بأن ألكسيس لم يكن صديقي؟" ماذا يعني هذا؟ سألت بانزعاج: "وماذا عن أختي؟" جلس مرة أخرى مبتسمًا، .بعد أن تناول ما يكفي من الطعام

ابتسم وكان مبتهجًا بنجاح خطته لفصل ديونا عن أليكسيس. تساءل عما إذا كان لديه سبب آخر لرغبته في التفريق بينهما، وهو ينظر إلى ملامحها الجميلة، بينما هي تجلس تحدق في البحر وشفتاها تعض بخفة في .التركيز

تنهدت ديونا بلطف. تساءلت عما إذا كان النص يبدو وكأنهم ما زالوا يتواعدون، أو إذا كان هناك قتال. كانت .تأمل أن يكون هذا هو الحال ولكنها كانت قلقة أيضًا على أختها

نظرت إلى نيكياس ثم إلى الهاتف المحمول في جيبه. سألت بصوت كان يتقبل حقيقة أنها لن تتمكن من .الحصول عليه. ابتسم لها. فابتسم في وجهها

وكان سعيدًا لبقية اليوم حيث واصلوا جولتهم حول الجزيرة. عادوا أخيرًا إلى الإصطبلات في حوالي الساعة الخامسة مساءً. ابتسمت بحزن وهي تنزل. "حسنًا، الشيء الوحيد الذي أفتقده أكثر في الركوب هو الرائحة" ابتسمت له وهو يومئ برأسه وأومأ لها بابتسامته الأخرى، مما جعل قلبها يرفرف في صدرها. امتدت قليلاً "ووضعت يديها على عمودها الفقري. وأضافت: "هذا وأنني لم أركب حصانًا منذ أكثر من عشر سنوات.

ضحك ونظر إليها بتعاطف. قال: "في هذه الحالة، قد تكون متصلبًا في الصباح"، وهو يراقبها وهي تتمدد، ويشعر بالجوع يتصاعد بداخله، فأبعد بصره. كان يعتقد أن هذه المرأة سوف تخرج من شعره قريبًا. ومع ذلك، فإن هذه الفكرة لم تجعله يشعر بالسعادة كما كان يأمل. عادوا إلى المنزل قبل أن يذهبوا إلى غرف نومهم. ذكّرها نيكياس مرة أخرى أن العشاء كان في الساعة السابعة. هذه المرة، ردت بالإيماء والغمغمة بأنها ستكون .هناك

تمكنت ديونا من إرخاء عضلاتها أثناء الاستحمام. لقد بدأوا يشعرون بالألم قليلاً. كانت بطيئة بعض الشيء في ارتداء ملابسها، ولم تفهم سبب شعورها فجأة بالحاجة إلى بذل المزيد من الجهد في مظهرها. ارتدت القميص الأزرق الصغير الذي قدمه لها داريل كهدية عيد ميلاد من المتجر الذي كانت تعمل فيه. كانت تعلم أنها تبدو رائعة. تم تصميم الجزء العلوي بشكل مثالي وأظهر شخصيتها المذهلة. لقد تطابقت مع التنورة البيضاء الحريرية التي ارتدتها بشكل جيد. تركت شعرها يتساقط وثبتته بمشابك على الجانبين لمنعه من السقوط على وجهها. ثم طبقت بعض ملمع الشفاه، ومكياجًا خفيفًا، وانتهت بوضع القليل من أحمر الشفاه. وبينما كانت، تنزل على الدرج نظرت إلى الساعة فرأت أنها تشير إلى السابعة والربع. لقد اندهشت من مقدار الوقت الذي استغرقته للاستعداد.

دخلت إلى منطقة تناول الطعام ورأت نيكياس يتحدث على هاتفه بينما كان يتكئ على المدفأة. بينما واصل الحديث، ابتسم لها لفترة وجيزة. أدركت ديونا على الفور أن اللغة الفرنسية التي يتحدثها بطلاقة هي أيضًا لغة تعرفها جيدًا. كان يتحدث عن مشكلة تتعلق بشحنة ما، وكان يعطي الرجل الذي على الجانب الآخر من الخط القانون. كان صوته موثوقًا ومقطعًا وبارعًا.

وأعربت عن سعادتها لأنها بذلت جهداً لتبدو بمظهر جيد، حيث ارتدى قميصاً أزرق فاتح بأكمام طويلة مع بنطال أسود أكمل خصره النحيف. أدارت رأسها لتتجنب التحديق في جسده الطويل النحيل. كانت أكتافه عريضة ومدببة حتى وركيه النحيفتين. استطاعت أن ترى ظهره الطويل والأعمدة التي كانت مرئية تحت قميصه. كان يميل إلى الكتابة في دفتر الملاحظات. أخيرًا أنهى المحادثة، وقد ظهرت عبوس صغير على وجهه. قال "أنا آسف" وهو ينظر إليها بإعجاب. وأضاف "العمل" وكانت لهجته اعتذارية. فأجابت: "سمعت أن الموردين ......

أومأت ديونا برأسها، لكنه سأل: "ماذا ستفعل؟" قال متجهمًا: "أغلقوهم وأنشئوا سلسلة التوريد الخاصة بنا". سألها وهي تهز رأسها. فأجابت: "لا، لقد قمت بعمل تطوعي لصالح منظمة بلا حدود"، لاحظت دهشته. لقد Sans Frontier. صُدم عندما سمع أنها عملت لدى تبوتر فمها وهزت كتفيها مرة أخرى

قالت: صدق ما شئت، فخففت نبرته. واعتذر قائلا: "أنا آسف للغاية، لقد كانت هذه مجرد مفاجأة صغيرة، أنا آسف حقا". ثم دخلت مدبرة المنزل الغرفة ووضعت صينية بها أطباق تبخير عطرية على الطاولة. سكب لها كأسًا من الميرلوت اللذيذ وارتشفته ببطء، واستمتعت بالطعم الغني. ثم جلسوا للاستمتاع بالطعام على الطاولة ذات اللون الماهوجني.

تفاجأت ديونا مرة أخرى بصحبة نيكياس الجيدة. تحدث معها بأسلوب أبهرها ثم سألها عن عملها الخيري الذي تحدثت عنه بشغف واضح. اندهشت ديونا من شركة نيكياس عندما تحدث معها عن اليونان بطريقة أذهلتها، قبل أن تسأل عن المؤسسة الخيرية التي تعمل معها. لقد تحدثت معه بحماس حول هذا الموضوع. سألها بمفاجأة بينما أومأت برأسها. وقالت: "كنت ألعب كثيراً"، مضيفة بأسف أنها "لا تحظى بفرصة كبيرة هذه الأيام".

لقد كان أكثر أدبًا من أي شيء آخر، وعرض أن يلعب معها لعبة. ومن النادر أن يجد من يستطيع التغلب عليه في لعبة الشطرنج. كان نيكياس، خبير التخطيط، مفيدًا له عندما لعب لعبة من هذا النوع. لقد تفاجأ بسرور بلعبتها الرائعة. لقد اضطر إلى التفكير بجدية شديدة لأنها لعبت ببراعة، وتفوقت عليه في المناورة وقلبت الطاولة في كثير من الأحيان. فاز بالمباراة عندما رآها تبتسم وتتنازل. ابتسمت وتثاءبت قائلة "كما أخبرتك ـ لقد مر وقت طويل".

قالت "شكرًا على اللعبة يا نيكياس. لكنني أعتقد أنني سأعود الآن، إذا كنت لا تمانع"، بينما كان واقفًا وأخذ أصابعها وقبلها. كان صوته أجش وهو يقبل أصابعها. وقال "شكرا، لقد لعبت بشكل جيد للغاية". رآها تحمر خجلاً قليلاً وتمتلئ عيناها بتوهج مشتعل، حاولت جاهدة إخفاءه وهي تسرع خارج الغرفة. نامت ديونا في سريرها تلك الليلة ولم تر سوى وجهه. تنهدت بهدوء عندما شعرت بشفتيه عليها.

الفصل 3

تأوهت ديونا عندما استيقظت في صباح اليوم التالي. كان جسدها متصلبًا من التمرين في اليوم السابق. وبخت لياقتها بابتسامة صغيرة، وتساءلت عما إذا كان نيكياس سيعاني. ومع ذلك، فقد عرفت غريزيًا أنه لن يفعل ذلك، مع الأخذ في الاعتبار مدى نعومة جسده. ديونا، التي كانت مرتبكه قليلاً من هذه الفكرة، تخلصت من الأغطية وذهبت إلى الحمام.

نزلت الدرج ببطء، وتتألم من حين لآخر، قبل أن ترى نيكياس فجأة في الأسفل. ابتسم بتعاطف وهو ينظر إليها. قال "صباح الخير" بإشراق، وهي ترد عليه بابتسامة ضعيفة.

قال مازحا: "ستكون سعيدًا بمعرفة أنك لن تضطر إلى تحمل تهديد طعامي هذا الصباح"، بينما كان يسير عبر غرفة الطعام. تبعته وشممت الروائح الرائعة للبيض ولحم الخنزير المقدد والنقانق وغيرها من المأكولات اللذيذة. جلست مقابله وتناولت بعض الحبوب والخبز المحمص. ابتسمت بعدم تصديق وهو يملأ طبقه.

سألت قبل أن تتمكن من منع نفسها من قول ذلك. ابتسم لها. قال والسخرية في عينيه: "أنا أقدر مجاملة ديونا"، وهي تحمر خجلاً. وأضافت بأكبر قدر ممكن من البدائية والأدب: "أنا...أعني ألا تدركين أن هذا أمر سيء بالنسبة لك؟"

وسأل: "إذن، ما هي خططك اليوم؟". عندما رأت تلك العيون الزرقاء الجميلة تنظر إليه، رفعت ذقنها مرة أخرى، بتحد. فأجابت: "كما هو الحال دائمًا"، "الإيجاد طريقة للخروج من هذه الجزيرة والعثور على أختي". ضحك بلطف. تمتم: "سأعطيك نقاطًا على مثابرتك يا ديونا"، واتسعت ابتسامته عندما عبوست.

أعرف شاطئًا جميلًا يمكنك السباحة فيه. واقترح بلطف أن يجربوا معدات الغطس لمعرفة ما إذا كانت ستساعدها على التيبس. شعرت ديونا بالإغراء لتخبره أن يذهب إلى الجحيم، لكنها لم تفهم السبب.

أومأت برأسها مع تنهيدة طفيفة، وقالت لنفسها إنها تريده أن يكون معها حتى تتمكن من الوصول إلى هاتفه في جيبه. لكن جزءًا منها ضحك على هذا العذر الواه. انتقلت إلى الطابق العلوي بعد الإفطار، وهي تئن بهدوء بينما كان جسدها يتذمر. ارتدت البيكيني الذي أعطته إياها داريل بعد أن اكتشفت أن أختها تمتلك بدلات من قطعة واحدة فقط. لقد عبوست قليلاً، معتقدة أنها قد تكون أكثر إثارة قليلاً. عندما حزمت أمتعتها، كانت مهتمة بوضع أختها أكثر من الملابس التي سترتديها. وارتدت شورتها مع بلوزة صيفية أكملت درجات اللون الذهبي في شعرها. كان شعرها الآن مربوطاً بقوة إلى مؤخرة رأسها على شكل ذيل حصان. أمسكت بنظاراتها الشمسية وقبعة الصيف قبل مغادرة غرفة النوم.

عادت إلى الردهة الكبيرة ووجدت نيكياس ينتظرها. وكان يرتدي أيضًا سروالًا قصيرًا افترضت أنه سروال سباحة. كان القميص ملتصقًا بجسده النحيل. وبينما كانت تنزل على الدرج نظرت للأعلى وابتسمت. كانت

عيناه مختبئتين خلف نظارة شمسية داكنة. فسألته إذ رأت أنه ليس لديه شيء. توهج مرة أخرى. قال: "تم ترتيب كل شيء"، وفتح لها الباب للمرور.

وجهها إلى الطريق الذي يتبع الجرف، والذي سرعان ما أصبح خطوات تؤدي إلى الشاطئ. شعرت ديونا بعضلاتها تسترخي عندما وصلت إلى القاع. أخذت لحظة لالتقاط أنفاسها. فتح سقيفة صغيرة وأخرج أدوات الغطس والأقنعة والمناشف. قال بصوت ضحكة طفيفة: "كان من المنطقي أن نترك كل هذا هنا بدلاً من سحب كل شيء لأعلى ولأسفل الدرج".

أومأت ديونا بالموافقة وهي تنقل كل شيء إلى حافة الماء. لقد أوقفت شهقة صغيرة عندما خلع قميصه، ورأى جسده المنحني الذي تسبب في هزة فورية من خلالها. كانت أكتافه العريضة مدببة حتى تصل إلى بطنه الموجود في وسطه يختفي تحت شورته. شعرت بحلقها جافًا فجأة V المتناسق تمامًا. شاهدت حرف

لقد اعتقدت أنه جميل، وكان ظهره مقوسًا بطريقة جعلتها تتساءل كيف سيكون شعورها عندما تمرر إصبعها عليه.

ديونا، غير قادرة على فهم المشاعر التي كان يثيرها بداخلها، استدارت بعيدًا وخلعت ببطء سروالها وقميصها وحمالة صدرها، مدركة مدى ضآلة ما تملكه تحتها. استطاعت أن ترى عينيه تنزلق فوقها وهو ينظر إلى ثدييها وبطنها الطويل المسطح ومؤخرتها. كان لديه نظرة من العبث في عينيه. سألها إذا كانت قد ارتدت قناعًا من قبل. كان صوته أجش. أخبرته، مما أثار دهشتها كثيرًا، أنها مارست بعض رياضة الغوص عندما كانت أصغر سناً. شاهدها وهي تبصق بلطف في القناع لمنعه من التبخير، ثم غسله بالماء الصافي. ضحكت عندما دخلت أعماق المياه. ضحكت وهي تتحرك بحذر إلى الأمام. "لن تدخلي إلى هذا الطريق أبدًا"، ضحك وهو يمر بجانبها ويغوص في المياه المنعشة

وقف وأبعد شعره عن وجهه قبل أن يرشها بالماء البارد. شهقت من الإحساس المفاجئ بالبرد على جسدها الدافئ، وضحكت على الرغم من نفسها. جلست في الماء وشعرت بنفسها تلهث لفترة وجيزة بسبب التغير المفاجئ في درجة الحرارة قبل أن يصبح الماء لطيفًا لتبريدها.

لقد رأته وهو يرتدي قناعه بالفعل، وكان ينتظرها. وبينما كانوا يسبحون، قاد الطريق. لقد شاهدوا أسراب الأسماك ذات الألوان الزاهية وهي تغوص تحتها. أدركت ديونا فجأة كم كانت تستمتع بنفسها. شعرت باندفاع بسيط من الذنب عندما أدركت أنها كانت تضيع وقتها وهي تطفو في المياه الصافية مع الرجل الذي حاصرها. نظرت إليه، وانزعجت من أختها لأنها وضعتها في مثل هذا المأزق، وشعرت أيضًا بالغرابة عندما رأت أنه ابتسم لها مرة أخرى وهو يشير إلى الأسفل. لقد تبعته إلى الأسفل وهم يتتبعون الأخطبوط في المياه الصافية.

أزالت ديونا قناعها عندما عادوا إلى المياه الضحلة. أمسكت به في الكرة التي كانت تعيق شعرها الرطب المجعد. قامت بسحب شعرها بانزعاج بسيط، ثم غطست رأسها في الماء لتنعيمه بحيث يصبح الشعر الطويل مسطحًا على ظهرها. حبست أنفاسها وهي تشاهد عيون نيكياس تحترق بالرغبة التي أظهرها. كانت الشرارة

الكهربائية التي مرت بينهما عندما التقت أعينهما ملموسة تقريبًا. أظهر كلا وجهيهما الرغبة المفاجئة بينهما. تقدم إلى الأمام وأمسك فخذيها وسحبها بالقرب منه. انخفض فمه مرة أخرى، وهذه المرة لمقابلة فمها. صرخت ، فمها التقى فمها بجوع. لفت ذراعيها حول رقبته وشعرت به يتحرك حول خصرها. قام بسحبها بالقرب منها حتى تشعر بالإثارة على بطنها. رفعها عن قدميها بنخر، بينما كانت شفتيه ممسكة بشفتيها ولسانه يستكشف فمها الناعم

وضعها على إحدى المناشف. وكان الماء لا يزال يتدفق على أقدامهم. وجد فمه وأمسك الفص في أذنها. حركت يديها على صدره وشعرت بالشعر الخشن تحت أطراف أصابعها وهي تسطح يديها لتداعبها.

عندما رفع رأسه ونظر إليها، تسببت الإشارات الكهربائية التي مرت عبر أعينهم مرة أخرى في إسقاط رأسه. هذه المرة، انتقل فمه إلى الجزء العلوي من البيكيني، حيث كانت الحلمات المتصلبة تضغط على مادة رقيقة. وبينما كانت أسنانه تلامس الصلابة، كانت تشتكي، ويحرك جسدها بشكل حسي لحله. لم تعرف يده على المشبك الموجود أسفل صدرها، فأطلقته. هذا سمح له بالنظر إلى جسدها الجميل الذي كان يسبب له مثل هذا الاضطراب.

امتصها ولعقها بطريقة مثيرة لدرجة أنها كانت تتلوى تحته. ركض فمه على طول بطنها. اتبع لسانه الخطوط العريضة وهي تتأوه. كان جسدها كله مشتعلا.

له. كان يعلم أنه لا بد أن يحظى بهذه المرأة، وشعر بقوة رغبته فيها وأدرك أنه سيحتاج إلى الشعور بنفسه فيها.

استغرق الأمر منه كل قوة إرادته حتى لا ينفجر وهو يسحب صناديقه بعيدًا عنها. وبينما كانت تلهث وتجلس، وتسحب ذراعيها على ساقيها لتغطية ثدييها، كسر صوت هاتفها المحمول تعويذتها. تأوه من الألم وبحث في طريقه إلى هاتفه الذي تم وضعه بعناية تحت منشفة الحمام. بأصابع مرتعشة، قام بمسح هوية المتصل. وعندما رأى اسم أخيه أجاب. فقال: أين أنت من الدنيا؟ ونظرت ديونا، التي كانت لا تزال في حيرة من أمرها بسبب ما حدث للتو، إلى هناك. أعادت ربط البيكيني واحتضنت نفسها مرة أخرى، وكانت يداها ترتجفان عندما شاهدت وجهه يزداد غضبًا. تحول بسرعة إلى اليونانية وهو ينظر إليها. عرفت أن هذا تم فعله لجعلها لا تفهمه. وواصلت محاولتها تهدئة أنفاسها التي أصبحت ممزقة.

هزت ديونا رأسها، غير قادرة على الوقوف ساكنة، وهي تشاهد عينيه تتبعها. قامت بسحب شورتها فوق بيكينيها ودسست قميصها، وشعرت بالحاجة المفاجئة لمزيد من الحماية. خفضت رأسها لإخفاء تعابير عينيها وهو يراقب أفعالها، عابسًا الآن.

كان تعبير نيكياس مليئًا بالغضب مع انتهاء المكالمة. قال صارخا. قال نيكياس: "حسنًا، يبدو أن أليكسيس ما زال غير مستعد للعودة إلى المنزل". سأل "أين ديونا؟"، أصبح صوته باردًا فجأة، وهي تهز رأسها. فسألته بهدوء: لا أدري.. هل قال شيئاً عن أختي؟ كان صوتها مليئا بالقلق. لقد اندهشت عندما انقلب عليها بغضب.

صرخ: "كفى!" مع عينيه على النار. "لقد أصبحت لعبتك الصغيرة مملة للغاية يا ديونا." أمسك بكتفيها وأطلقها على الفور حيث ملأته رغبته العارمة مرة أخرى.

صرخت مرة أخرى: "أنا أقول الحقيقة"، ونظرة الخوف في عينيها الجميلتين. أمسك نيكياس قميصه وسحبه على وجهه بإحباط، وهو يتمتم.

اليونانية. تم قطع صوته وغضبه لا يزال واضحا عندما بدأ في تسلق الدرجات المنحوتة في الهاوية. عادت ديونا إلى الرمال وشاهدته يتلاشى. ثم دفنت رأسها بين يديها بينما بدأت الدموع تلدغ عينيها.

وتساءلت مرة أخرى عما حدث. لقد أرادته بشدة لدرجة أنها ما زالت تشعر بنبض قلبها. كانت تعرف أنه كان يلعب معها. لقد شعرت أنه كان يستخدمها للعثور على أخيه. ولم يرها أكثر ولا أقل من ذلك. لكنها شعرت أن صورته محفورة في ذهنها. وقالت لنفسها إنه يفعل ذلك لإنهاء علاقة أخيه. بكت من الألم ووقفت، عازمة على الخروج من الجزيرة. تجولت بلا هدف لبقية فترة ما بعد الظهر، وتوقفت للتحدث مع هؤلاء الأشخاص القلائل الذين قابلتهم. لقد قلدتهم وسألتهم عما إذا كانوا يمتلكون هواتف، حيث لا يستطيع أي منهم التحدث باللغة الإنجليزية. ابتسمت لهم وواصلت رحلتها، ولم تتوقع أن تطلب قاربًا. وتذكرت أن نيكياس كان قد أخبرها أن أي شخص يساعدها على مغادرة الجزيرة سيتم طرده، فلم تكن تنوي أن تسأل. لم ترغب ديونا في التسبب في فقدان أي شخص آخر لوظيفته وكانت واثقة من أن نيكياس لم يكن رجلاً يقوم فقط بتوجيه تهديدات فارغة.

شعرت بالجوع عندما دخلت المنزل. أدركت أنها لم تتناول الغداء، ففكرت لفترة وجيزة في الذهاب إلى المطبخ للحصول على شيء لتأكله. حاولت أن تتجاهل الأحاسيس التي جعلتها ترتعد عند فكرة الاصطدام بنيكياس. قررت أخيرًا البقاء في غرفة نومها بدلاً من المخاطرة بمواجهته مرة أخرى. نظرت إلى ساعتها وتنهدت، وهي تعلم أن هناك متسعًا من الوقت قبل العشاء. كانت الساعة الرابعة بعد الظهر فقط. عندما دخلت غرفة نومها، شعر جسدها كله بالثقل. لم تكن ديونا معتادة على الحرارة أو المشي لمسافات طويلة فيها. شعرت بالتعب ودخلت في نوم عميق بمجرد أن هبطت على السرير. كان جسدها ملفوفًا بملاءات كريمية باردة، بينما كان شعرها يتدلى مثل الهالة.

جلس نيكياس وفكر في المرأة التي أزعجت عالمه كثيرًا. أغمض عينيه ولا يزال بإمكانه رؤية جسد المرأة الجميل. كانت هذه رغبة لم يشعر بها منذ وقت طويل. لقد كان عامل جذب كبير للنساء بسبب ثروته ومظهره الجميل وشخصيته الجذابة. لقد شعر بالملل بعد فترة قصيرة فقط من النساء اللواتي توافدن عليه. لقد لعب في الملعب كما قالت، ولكن بمجرد أن نام معهم، فقد الاهتمام. لقد وجد معظم النساء سطحيات ويفتقرن إلى الجوهر، وسرعان ما بدأ ينظر إليهن على أنه يمكن التخلص منه. هذه الساحرة الصغيرة، المرأة التي قرر شقيقه الزواج منها والتي كانت تعمل في مجال التنقيب عن الذهب، كانت تؤثر عليه. كان نيكياس يسخر من ديونا. نعم، لقد كانت أسوأ أنواع النساء، لكنها كانت أيضًا مرحة وذكية ومليئة بالمفاجآت. ولم تطارده كما تفعل معظم النساء. في الواقع، في حين أنها ردت رغبته بشكل واضح، يبدو أنها كانت تحارب الانجذاب تجاهه. هذا جعله يريدها أكثر. المكالمة الهاتفية من أخيه لم تغضبه فحسب، بل جعلته يشعر بالذنب أيضًا. قال لديه مشكلة يحتاج إلى حلها قبل أن يتمكن من العودة إلى المنزل. كان بإمكان Alexis عبر الهاتف أن Alexis

نيكياس سماع الألم في صوت ألكسيس. كان يعلم أنه يريد العثور على المرأة التي كاد أن يقع في حبها. وكان وجهها لا يزال في ذهنه. ولأول مرة في حياته، وقف بإصرار وقرر أن يضع احتياجاته الخاصة قبل احتياجات أخيه. كان يعلم أنه يريد أن يكون مع المرأة في الطابق العلوي وكان مصممًا على الحصول عليها بغض النظر عما يعتقده أليكسيس.

طرق بابها بلطف وهو يصعد الدرج دخل، ورآها نائمة على السرير. لقد كتم أنينه عندما رآها نائمة ببراءة، وفكر في كم بدت طفولية. مع العلم ما كانت عليه ولكن لا يزال يريدها أن تغزو كيانه بأكمله، عبس. غادر الغرفة مع تنهد صغير. كان بحاجة إلى التفكير بعناية في كيفية التعامل مع ديونا براون.

استيقظت ديونا وهي تشعر بالانتعاش بعد عدة ساعات من النعيم الهادئ. شهقت عندما رأت الوقت على ساعتها.

شعرت بآلام في بطنها عندما أدركت أن الساعة كانت حوالي الساعة 6:30. غسلت شعرها قبل أن ترتدي ملابسها في الحمام. أبطأت يديها وسحبت شعرها إلى عقدة. مما خفف من ملامح وجهها. لم تفهم مشاعرها تمامًا، لذا تركت شعرها يتدلى حولها بينما كانت ترتدي قميصًا أحمر وسروالاً أسود، متعجبة بنفسها في المرأة.

لم تكن ديونا قلقة أبدًا بشأن مظهرها من قبل. تركتها لأختها التي كانت رائعة وتعرف ذلك. فضلت ديونا الاندماج في الخلفية على الرغم من كونها جميلة مثل أختها. لم تشجع الرجال أبدًا على محاولة التعرف عليها بشكل أفضل، واستسلم الكثيرون بسرعة. لكن نيكياس اخترقت دفاعاتها المعتادة تمامًا. كانت مرتبكة وأكثر من ذلك بقليل اهتزت من رد فعلها.

لقد تأخرت قليلاً في النزول إلى الطابق السفلي وعندما دخلت غرفة الطعام لم تجد أي طعام ولا نيكياس، عبست. كانت تنظر حولها، وعلى وشك الدخول إلى المطبخ عندما صادفته. أمسكها من خصرها ليثبتها. ابتعدت عنه بسرعة حيث كانت حواسها في حالة اضطراب مرة أخرى بسبب شعور يديه عليها. قال "إنها ليلة جميلة. اعتقدت أنه يمكننا تناول الطعام على الشرفة"، وكان صوته أجشًا بعض الشيء. التفتت لمواجهته بعيون مشرقة ووجه محمر. أسقطت ديونا رأسها لإخفاء التعبير المشتعل في عينيها. أومأت برأسها وخفضت رأسها. قالت "شكرًا" للدمية الصغيرة عندما قادها إلى الشرفة الأرضية التي أضاءتها الشموع والأضواء الخيالية. نظرت إليه ديونا بريبة عندما رأت الزخارف الرومانسية في كل مكان حولها. تم تشغيل الموسيقى الهادئة. جلست بحذر وهو يسلمها كأسًا كبيرًا من النبيذ.

سأل: "نوم جيد؟" كما طارت عينيها إلى عينيه. فسألته بحدة: كيف عرفت أنك نائم؟ بينما كان يحدق بها دون أن يغير تعبيره. صدمت ديونا وأخذت نفسا عميقا. قالت: "سأكون ممتنًا لك، يا سيد درانياس، إذا لم تدخل إلى غرفتي كلما ساءت حالتك المزاجية.

"لقد أخبرتني في اليوم الأول الذي التقينا فيه أنني شخص متحضر، لذا تصرف بهذه الطريقة من فضلك".

سأضع ذلك في الاعتبار يا آنسة براون" ضحك بلطف على تعبيرها الشائك. "سأضع ذلك في الاعتبار يا
آنسة براون". ضحك بهدوء على وجهها الشائك. وقال: "التجول في الجزيرة أمر متعب"، وأضاف أن
."""الحرارة يمكن أن تجعلك تشعر بعدم الارتياح إذا لم تكن معتاداً عليها

شعرت نيكياس بالذنب قليلاً لأنها لم تتأكد من حصولها على الطعام. هزت ديونا كتفيها، وشعرت بالارتباك
.قليلاً بسبب نظره إليها وهي تضع المسقعة في وسط طاولة الطعام الصغيرة

كان يتحدث بحرية، دون أن يذكر حادثته الصباحية أو الاتصال الذي تلقاه من أخيه. لم تكن ديونا قادرة على
الاسترخاء لأنها ما زالت تشعر بقرب حضوره. وغادرت عندما انتهوا من تناول الطعام. وقالت: "سأقرأ شيئاً
.وسأنام مبكراً"، مضيفة أنها ستزور المكتبة التي شاهدتها في زيارتها الأولى

أوقفها. قال بلطف: "أريد أن أتحدث معك في شيء"، ورفع يدها وأخذها في يده. قفز جسد ديونا بأكمله إلى
الاهتمام. سألت: "ماذا؟" وأضافت بحذر: "لا أعرف أين أخوك". هز رأسه وهو ينظر إليها، وكان وجهه
."يظهر تعبيرا مدروسا. قال: "ليس الأمر كذلك... مع أن الأمر يتعلق بأخي الأصغر

سار عبر الحدائق الأمامية للمنزل وهو يمسك بيدها. أشرق عليهما ضوء القمر بينما كان يجلس على مقعد
صغير محمي. انتظرت أن يتكلم وهي تشاهده وهو يجلس بجانبها. سألها وهو ينظر إليها باهتمام: "لماذا أنت
"مع ديونا؟ ليس بينكما أي شيء مشترك... أنتِ لست نوعه المعتاد

نظرت إليه ديونا وقد بدا وجهها منزعجًا. أجابت المرأة التي نفد صبرها: "لقد أخبرتك عدة مرات أنني لست
مع أخيك". حدق نيكياس بها بجمود، ثم نظر بعيدًا، وتنهد. وتجاهل تعليقها. كما ترى، أنا أدرك أنك تعتقد أن
"أخي صيد عظيم. "يجب أن يكون غنياً وشاباً وجذاباً للغاية

رفع ذراعه إليها، ورأى أنها كانت تفتح فمها احتجاجًا. "ولكن، كما أخبرتك في أول يوم التقينا به، فهو لا يملك
أي مال. أنا أملكه كله. "أنا أتحكم في كل المال." نظر في عينيها بصمت طفيف، وقال: نظرت إليها باهتمام:
"يبدو لي أنه من الأفضل أن تبدلي أخوتك." صدمت ديونا بعيون واسعة: "هل تطلبين مني أن أتوقف عن
.رؤية أخيك وأبدأ في رؤيتك؟" ابتسم

قفزت ديونا على قدميها وقبضتيها على جانبيها، وهزت جسدها بالكامل من الغضب الذي نشأ فيها. صرخت:
"لا أريد أن أكون عشيقتك" بنبرة ازدراء. أي نوع من الرجال أنت؟" هل ستفعل هذا بأخيك؟

لقد شاهق عليها. قال: "دعونا نتوقف عن ممارسة الألعاب يا ديونا. سأجعل وقتك جديرًا بالاهتمام من الناحية
المالية"، وهي تلهث مرة أخرى. فصرخت: "هل تراني الآن عاهرة؟" عندما ابتعدت عنه. وكانت صدمتها
.واضحة على وجهها الجميل

عبس نيكياس في وجهها، وهو يعلم أن الأمور لا تسير كما خطط لها. ديونا، لا يمكنك أن تقول لي أنني أحب أخي. "أنت غير متوافق معه، مما يعني أنني أعتقد أنك تسعى وراء أمواله." أنا أخبرك أن أمواله غير موجودة، لكنني سأبذل قصارى جهدي لضمان حصولك على صفقة عادلة. صرخت في وجهه: "ابق بعيدًا يا نيكياس"، وهي تراقب كيف يقترب منها. وتابع مع عبوس آخر، "أذكر سعرك يا ديونا، سأدفعه مقابل استضافتك في سريري." ورفعت دونا ذقنها بفخر ونظرت الى الرجل، ارتجفت وهي تقول: "لست للبيع يا نيكياس". وكانت الدموع ترتفع في عينيها.

وقفت نيكياس ساكنة تمامًا، وتحدق في جسدها المختفي، في حيرة من أمرها. هل كان ذلك البكاء الحقيقي في عينيها، أم أنها لم تفكر حتى في عرضه؟ يمكن أن يشعر بجسده يتوق إليها. شتمها لأنها فعلت ذلك، تبعها إلى المنزل مع نفس غاضب صغير.

مع العلم أنها هربت إلى غرفتها، وأنه لا يستطيع متابعتها.

النهاية